입들은 모두
사랑한다고
말해야 한다

입들은 모두 사랑한다고 말해야 한다

1판 1쇄 발행 2016년 7월 9일

지은이 김재진
발행처 꿈꾸는서재 **발행인** 황은희, 장건태
마케팅 이종문 **제작** 제이오 **디자인** 맑음과바름
주소 경기도 파주시 회동길 337-16, 302호(우. 10881)
등록 2015년 3월 10일(제2015-000055호)
전화 031)955-9790 **팩스** 031)955-9796 **전자우편** info@suobooks.com
홈페이지 www.suobooks.com
ISBN 979-11-87498-00-1 03810 책값은 뒤표지에 있습니다.

이 도서의 국립중앙도서관 출판시도서목록(CIP)은 서지정보유통지원시스템 홈페이지(http://seoji.nl.go.kr)와
국가자료공동목록시스템(http://www.nl.go.kr/kolisnet)에서 이용하실 수 있습니다.(CIP제어번호: CIP2016016409)

입들은 모두 사랑한다고

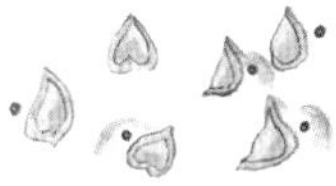

말해야 한다

김재진 그림과 글

꿈꾸는서재

세상의 모든 신비

시인이 그림책을 내며

'세상 모든 신비는 우연히 일어난다.'라고 썼다.

이어서 '세상 모든 만남도 우연히 일어난다. 나이 먹은 악사처럼 귀먹은 소리 내는 처마 끝의 풍경들이 우연히 바람을 만나고, 떠내려가는 강물이 우연히 나룻배를 만나고, 저물어가는 내 인생이 우연히 누군가와 마주칠 때 만남이 끌어당긴 이별 또한 우연히 잉태된다.'라고 쓰며 나는 인생의 많은 부분을 우연이 지배한다는 생각을 했다. 우연은 그렇게 삶을 잠식하고 지배하며 생각지도 않던 엉뚱한 장소로 우리를 데려가기도 한다.

'숲 속의 모든 활엽수는 그 자리에 서서 나이 먹고, 세상의 모든 별은 빛이 사라진 자리에서 빛을 내는데 세상 모든 우연은 우연히 만나 돌이킬 수 없는 운명이 된다. 지상에 존재한다는 사실 하나만으로도 경이로운, 우연히 그대를 만나 내 가슴 두근거릴 때, 긴 꼬리 그어놓고 사라져가는 별똥별의 신비를 내 눈이 따라갈 때, 우연이 끌어당긴 만남이 또 하나의 이별을 만들어내

며 눈물 뿌릴 때.'

그 자리에 서서 나이 먹는 나무들을 보며 나는 우연이 지배하는 이 별의 삶이 내게 그렇게 많은 시간을 허용하진 않을 것이라는 생각을 했다. 그런 생각 속에서 느닷없이 그림의 세상과 만났다. 시인의 삶에서 화가의 삶에로 돌발적인 전환이 이루어졌다는 말은 아니다. 긴 꼬리 그어놓고 사라져가는 별똥별처럼 그렇게 신비하거나, 연인을 만나듯 가슴 두근거리는 만남 또한 아니었다. 그러나 그림을 그리기 시작한 지 불과 몇 달 만에 전시회를 열 정도로 그것은 폭포 같은 만남이며 접신(接神) 같은 만남이었다. 뭔가에 홀린 듯, 미친 듯 그림을 그려내는 나를 나 또한 신기하게 바라봤다.

그림의 세계야말로 우연히 내게로 왔다. 어느 날 일러스트를 배우러 가는 지인을 따라 백화점 문화센터에 갔던 것이 시작이었다. 인사를 하고 자리에 앉자 전혀 화가처럼 보이지 않는 아주머니 강사는 내게 파스텔을 문질러 번지

게 하는 법을 가르쳐주었다. 그것이 내겐 그림에 대한 최초의 배움이자 마지막 배움이었다.

그렇게 해서 네 차례, 하루 두 시간씩 백화점 문화센터에 따라가 그림을 그린 게 내 그림 수업의 전부다. 그만두는 지인을 따라 문화센터를 그만둔 지 두어 달 지난 뒤, 문득 그림을 그려보고 싶다는 충동을 느낀 건 실내로 들어왔다 빠져나가지 못하고 죽은 호랑나비를 발견했을 때다. 표본을 한 듯 손상되지 않고 창가에 놓여 있던 나비가 갑자기 눈에 띈 것 또한 우연한 일이었다.

프린터에 꽂혀 있던 A4용지 한 장을 빼든 나는 그 하얀 여백 위에 호랑나비를 그리기 시작했다. 백화점 문화센터에서 쓰다 남은 파스텔 몇 쪽이 그림도구의 전부였다. 그때가 2016년 1월 21일, 어쩌면 나비를 그리는 동안 느꼈던 성취감과 짧은 희열이 그 뒤 몇 달 동안 눈의 실핏줄이 터지도록 그림에 몰두하게 된 계기가 되었을지 모른다. 누가 그려넣은 것인지 나비의 날개 위로 그려진 무늬들은 섬세했고, 검은 파스텔 한 조각으로 그것들을 묘사하는 동안 나는 온전히 뭔가에 몰두한 나 자신을 경험했다. 그것은 일종의 치유였다. 몸을 움직이지 못한 채 온종일 침대에 누워 지내는 노모에 대한 슬픔과 절망, 인생의 막장을 본 듯한 좌절감으로 삶의 의미를 곱씹고, 곱씹고 있던 내게 그것은 힐링이고 안식의 경험이었으며 폭포처럼 터져나오는 상상력의 폭발이었다. 내 안에 숨어 있던 놀라운 힘의 세계를 비로소 발견했다면 믿을 수 있겠는가?

나 또한 내가 신기했다. 어떻게 지금까지 그리지 않고 살 수 있었나요? 그림을 본 화가들은 그렇게 말했다. 정말 그림을 시작한 것이 몇 달밖에 안 된다는 말인가요? 의심 많은 어떤 이는 그렇게 묻기도 했다. 나 또한 그리고 있는 나를 신기하게 바라볼 때가 많았다. 당장에 전시회를 해도 좋겠다는 지인들의 말에 부화뇌동한 나는 그래 못할 것도 없지 뭐, 하는 생각으로 갤러리를 섭외하고 작품을 표구사에 맡겼다. 본격적으로 그림에 빠져든 게 3월 중순 경, 그때부터 약 세 달 정도의 시간 동안 나는 밤낮을 잊고 그림에 몰두했고, 그렇게 그린 그림을 매일 병상에 누워 계신 어머니께 가져가 보여드리는 것으로 일과를 삼았다.

정신이 돌아오면 어머니는 그림을 보며 재밌다, 재밌어, 라고 말했다. 넘어져 뇌가 손상된 건지 알아듣기 힘든 어눌한 발음으로 재밌다고 말하는 어머니 입가엔 미소가 번졌다. 치매에다 파킨슨 병으로 근육이 굳어가는 노모의 표정은 웃고 있어도 언제나 찡그린 듯 보인다. 몇 번씩 죽음의 고비를 넘겼고, 이제 임종의 그 순간만을 기다리고 있는 말년의 병상에서 어머니는 그렇게 늙어가는 아들이 그린 그림을 보며 찌푸린 미소를 보내신 것이다.

그러던 어느 날 어머니는 문득 벽 위에 입을 하나 그려 달라 하셨다.

입….

말하는 입, 웃는 입, 노래하는 입, 먹는 입, 재잘거리는 입….

누구 하나 찾지 않는 병상에서 노모는 아마 고독할 대로 고독하셨던 모양이다. 외로워서 죽겠다는 말을 흔히 하지만 그때의 외로움과는 차원이 다른, 존재의 진한 고독을 절감하게 하는 어머니의 그 '입'을 생각하면 가슴 전체가 허물어지는 것 같다.

어떤 우연이 우리를 인연되게 했을까? 어떤 인연이 만남이라는 인연 속으로 우리를 끌어왔고, 이렇게 안타까운 이별의 시간으로 이어지게 했을까? 어머니에게 그림을 보여드릴 때마다 그런 생각을 한다.

우연히 만났고, 필연적으로 이별하며 우리는 그렇게 한생을 살아가고 마친다. '우연이 끌어당긴 만남이 또 하나의 이별을 만들어내며 눈물 뿌릴 때.' 미친 듯 그렸던 그림을 폰으로 찍어 어머니께로 가며 나는 내가 썼던 시를 입

속으로 음미한다. 모든 입은 살아 있다는 사실을 증거한다. 모든 입들은 눈물을 지우고 기쁨을 받아들여야 한다. 모든 입들은 따뜻하게 말하고 사랑스럽게 미소 지어야 한다. 모든 입들은 사랑한다고 말해야 한다.

2016년 여름

김재진

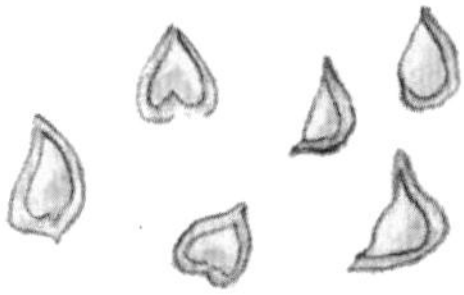

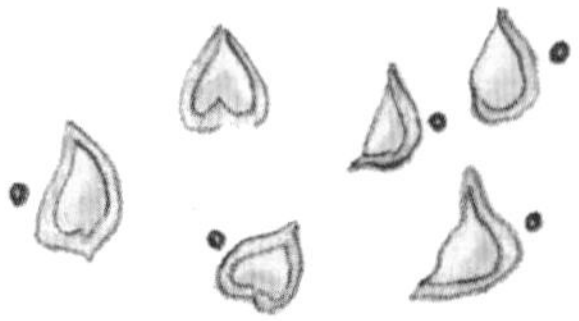

입

온종일
벽만 보고 누워 계신 어머니가
정신이 돌아오자
벽 위에 입 하나 그려달라 하신다.
아무도 찾는 이 없는
말년의 병상에 나는
파랑새 몇 마리 그려놓는다.

차례

1

입들은 모두 사랑한다고 말해야 한다

못

당신이 내 안에 못 하나 박고 간 뒤
오랫동안 그 못 뺄 수 없었습니다.
덧나는 상처가 두려워서가 아니라
아무것도 당신이 남겨놓지 않았기에
말 없는 못 하나도 소중해서입니다.

우주의 요리사

당신의 우주는 당신 중심으로 움직인다.

나 외에 그 아무것도 중심에 없다.

그러나 어떤 이는 자신의 중심을 우주의 중심으로 옮겨놓는다.

나의 중심을 우주의 중심으로 옮겨놓는 일을

우리는 사랑이라 부른다.

허기진 누군가를 위해 식탁에 음식을 차려내는 일을

우리는 사랑이라 부른다.

나의 시계를 당신의 시계에 맞추는 일을

우리는 사랑이라 부른다.

사랑하는 일과 요리하는 일은 크게 다르지 않다.

언제나 사랑할 때

사랑해야 할 때가 있는가 하면
용서해야 할 때도 있다.

어딘가에 미쳐야 할 때가 있는가 하면
다 버리고 쉬어야 할 때도 있다.

마음 깊이 파랑새를
품고 있어야 할 때도 있지만
무지개 넘어 새를 훨훨
날려 보내야 할 때도 있다.

그런데 우린 언제나
무슨 때인지 잘 모르고 산다.

사랑과 존중

편한 사이니 말 좀 함부로 했다고 뭐 그럴 게 있나.
사랑한다면 짜증 좀 내는 것 정도도 이해 못해주나.
사실은 편한 사이가 아니라 만만한 상대라 함부로 말하는 것이고,
사랑하는 사람이라면 누구보다 소중히 대하게 된다.

사랑하는 사람의 잠을 깨울까봐 우린 조심조심 화장실에 간다. 사랑하면 저절로 상대를 배려하고 조심스러워지는 것이다. 내가 먹는 것보다 그가 먹는 것이 더 배부르고, 힘든 상황 속에서도 따뜻한 눈으로 그를 바라보게 된다. 그게 아니면 사랑하는 것이 아니다. 편하게 대한다면서 나를 소중하게 대하지 않는 사람은 무슨 이유에서이건 내가 필요해서 그런 것일 뿐 사랑하는 것이 아니다. 사랑엔 적절한 간격이 필요하다. 그걸 우리는 존중이라 부른다. 무엇이거나 사랑하면 아무것도 바라는 바 없이 그냥 주고 싶다. 고양이가 무심코 꽃을 바라보듯 가끔은 사랑하는 이를 무심코 바라보라.

깊은 사랑

바이올린을 켤 땐 바이올린 그것에만 몰입하라.
누군가를 사랑할 땐 사랑 그것에만 몰두하라.

무엇인가에 빠져 있을 땐
호랑이가 지나가도 모르도록 집중하라.
무엇인가를 깊이 사랑하면
그것은 당신에게 길을 열어줄 것이다.

꽃

움직이지 못하는 노모의
머리를 감기기 위해 고심하다
화단의 물뿌리개로 머리를 감겼다.
꽃처럼 화사하게 살지 못한
어머니의 한생이
임종을 앞에 두고 꽃이 되었다.

가슴 아픈 것들은 다 소리를 낸다

별에서 소리가 난다.
산 냄새 나는 숲 속에서 또는
마음 젖는 물가에서 까만 밤을 맞이할 때
하늘에 별이 있다는 걸 생각하면
위로가 된다.
자작나무의 하얀 키가 하늘 향해 자라는 밤
가슴 아픈 것들은 다
소리를 낸다.
겨울은 더 깊어 호수가 얼고
한숨짓는 소리
가만히 누군가 달래는 소리
쩌엉쩡 호수가 갈라지는 소리
바람 소리
견디기 힘든 마음 세워 밤하늘 보면
쨍그랑 소리 내며 세월이 간다.

밥

지지배배 입 벌리는 그 노란 희망들
새끼들 입 속으로 밥 한 그릇 넣기 위해
세상 아비들이 넘어야 할 산은 얼마나 많은가.
밥만 먹고 살 수가 있나.
하기 편한 소리라고 함부로 뱉지 말라.
밥 먹고 살기에도 힘에 겨운 사람들이
한 그릇 끼니마다 쌀알처럼 거룩하다.

새들은 어디서 잠들까

똑같은 수명을 살아도 사람의 생은 똑같은 길이나 크기가 아니다. 인생의 드라마가 많은 사람과 별반 이야깃거리가 없는 사람들이 섞여 세상은 복잡하고 다양하다. 파란만장한 삶을 살아간 사람이 좋을지, 아니면 평탄한 삶을 산 사람이 좋을지는 좋다 나쁘다로 구별될 수 있는 것이 아니다. 어떤 인생이 보람 있는 것인지 또한 하나의 잣대로 구별할 수 있는 것이 아니다. 파국이나 반전이 없는 드라마는 재미가 없다. 그러나 막장 드라마 같은 인생을 산 사람은 스스로 불행하다. 파국과 반전의 당사자는 또 얼마나 힘들었을까? 터널의 끝은 언제나 빛이다. 그것이 보랏빛 황혼이건 눈부신 햇살이건 깜깜한 터널을 지나오면 빛이 보인다. 그러나 때로 터널은 끝나지 않을 듯 계속되거나 아예 출구가 막혀 있기도 하다.

황혼의 하늘을 날아가는 저 새는 어디로 가는 것일까?
새들은 어디서 잠들고 어디서 죽는 것일까?

저울

저것 다 팔아봐야 얼마나 될까.
나물 작은 소쿠리, 까놓은 생강 몇 알, 시금치 한 단
내 인생의 살림살이 저와 같아서
달아봐야 얼마나 될까.
저울에 얹어도 기울지 않는
서러움 한 소쿠리, 눈물 몇 티스푼
가끔은 세 살려 온 웃음 몇 봉지.

영혼의 무게

무겁다고 꼭 무거운 건 아니다.
가볍다고 꼭 가벼운 것도 아니다.
죽고 나면 빠져 나간다는 영혼의 무게 25그램.
그 25그램의 질에 따라 생명의 가치가 달라지는 걸까?

존재의 가치를 저울로 달 수 있다면
잘난 사람은 잘난 만큼
못난 사람은 못난 만큼 저울의 균형이 기울어질까?

기울어지는 저울의 추를 따라
인격도 덩달아 낮거나 높아질까?
덩치가 크다고 마음도 따라서 넓은 건 아니다.
영혼의 진정한 크기는
눈으로 보이는 것이 전부가 아니다.

내 마음의 별자리

“저기 하늘에 왜 아기 양이 있지, 아빠?”

“그건 우리가 별에서 왔기 때문이란다.

저 새끼양이 자라서 뿔이 생기면 양자리가 되지.

우린 저마다 다 자기 별자리가 있는 거란다.”

“그럼 우리 고향은 별이구나?”

“그래. 각자의 별자리가 각자의 고향이지.

고향에 가면 별이 더 잘 보이는 건 그 때문이란다.”

초원의 밤

밤은 신비하고, 별은 쏟아진다. 초원에서 맞는 밤은 너무 맑아 터질 것 같다. 넘어진 아이 일으키듯 마음 세워 나는 누군가를 생각한다. 그도 아마 나를 생각할 것이다. 내가 아프면 그도 아프고, 내가 기쁘면 그도 기쁘다. 어느 별에 있건 우리는 연결되어 있다. 광활한 이 우주에서 어딘가에 존재한다는 것 하나만으로도 사랑스러운 이가 있다면 이번 생은 성공이다.

새벽에 용서를

그대에게 보낸 말들이 그대를 다치게 했음을
그대에게 보낸 침묵이 서로를 문 닫게 했음을
내 안에 숨죽인 그 힘든 세월이
한 번도 그대를 어루만지지 못했음을.

지혜의 눈

네팔의 수도 카트만두에 있는 티베트 사원 보드나트는 저녁 기도 시간이 되면 많은 티베트 난민이 모여든다. 탑에 박힌 눈동자를 보며 사람들은 탑돌이를 한다. '지혜의 눈'이라 불리는 저 형형한 눈엔 어떤 지혜가 깃들어 있는 걸까?

지식을 가진 사람은 많아도
지혜를 가진 사람은 적다.
똑똑하게 사는 사람은 많아도
지혜롭게 사는 사람은 적다.
지혜란 앞으로 나아가기보다
뒤로 물러설 줄 아는 것이다.
지혜란 더 높이 올라가기보다
바닥으로 자신을 낮출 줄 아는 것이다.

• 보드나트는 2015년 대지진에 의해 지혜의 눈이 그려진 탑이 무너졌다.

달

한때는 달이라도 따다 줄 것 같은
그런 때가 있었다.
그 말을 믿던
그런 시절이 우리에게도 있었다.
한때는 우리도 달보다 밝은
그런 사람일 때가 있었다.

새들의 무소유

선만으로 아름다웠던 그림이
색깔을 입히고 빈 곳을 채우자
흠이 보여 찢어버린다.

가진 것 없어도 자유롭게 날아다니는
새들의 삶이 아름답다는 사실을
그림을 그리며 다시 깨닫는다.

다시 만나서
아름다운 사랑은 없다

언젠가 영화 속 한 장면처럼
다시 만나자고 약속했던 사람은 없는가?
두오모 성당 꼭대기,
몇백 개 돌계단을 숨 가쁘게 올라가
설렘 기다림에 해가 진다 해도
안 오면 어때.

멀리 있는 사랑이 아름다울 뿐
다시 만나서 아름다운 사랑은 없다.

다시 가고 싶은 나라 부탄

불행의 원인을 남김없이 찾아 삶에서 빼버리면
우린 과연 행복해질 수 있을까?
잘못된 습관, 타고난 운명, 가난한 환경,
이런 것들이 우리를 불행하게 하는 것일까?

꽃은 짧고
인생은 금방 지나간다.

불행의 원인을 찾는다고 소중한 순간들을 소모하는 동안 행복한 순간 또한 따라서 소모된다. 국민소득으로 따지자면 지구에서 몇 번째로 가난한 나라인 부탄, 행복을 생각할 때마다 왜 그곳에 갔던 때가 떠오르는 것일까? 국민총생산인 GNP보다 행복지수인 GNH(Gross National Happiness)를 주장하는 나라 부탄은 행복하냐고 물으면 국민의 97%가 행복하다고 한다. 내가 찾아갔던 10년 전처럼 부탄 사람들은 가난해도 여전히 행복한 삶을 살고 있을까?
우리는 모두 행복을 원하고 불행을 피하려 한다. 그러나 97%가 행복하다는 부탄 사람들에게 행복이란 뭔가를 피해서 얻는 것이 아니라 그냥 자연스럽게 흘러가는 물 같은 것인가 보다.

불멸의 피아니스트

사람도 불꽃도 타고 나면 재가 된다.
비움이 채움의 극치이듯
알고 보니 재는 열정의 극치였네.
버림이 가짐의 극치이듯
극치는 타올라서 재가 되누나.
고난을 딛고 일어선 연주가가
온몸 내던져 건반을 두드리듯
인생이란 악기를 온몸으로 연주하라.
순간과 순간이 타올라 재가 되도록
불꽃처럼 살다 가라.

감은사 탑

마음에 탑 한 채 앉히고 산다.
내 안에 쏟아지는 저 별똥별 어쩌랴.
파도는 수중의 능을 지키고
나는 내 안의 슬픔 하나 지킨다.
허공의 탑 한 채 애써 옮기듯
슬픔도 바깥으로 옮겨야겠다.
새벽은 언제나 밤이 지나야 찾아온다.

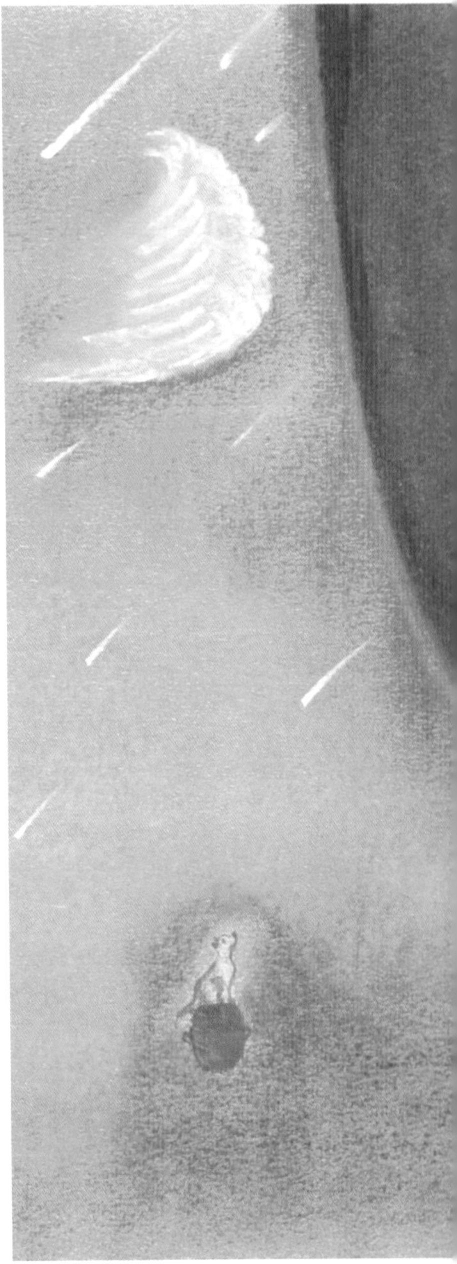

• 감은사는 신라 신문왕이 부왕인 문무대왕의 은혜에 감사하며 지었던 절로 바로 앞 동해바다엔 문무대왕 수중릉이 있다. 신라의 석탑 중에서 가장 거대한 탑으로 동 탑과 서 탑이 쌍으로 서 있다.

2

나는
우주의 미아,
내 생의 미아

밀어도 밀리지 않는 벽이 있다. 인생이 그렇다.

민들레

날아가는 홀씨는
민들레의 우주다.
꽃 속을 들여다보면 그 속에 별이 있다.
꽃은 다 우주다.
걸릴 데 없이 만행하는
꽃씨는 불성이다.
천지간에 만개해 있는 식물의 불성
꽃이 피어도 사람들은 꽃 핀 줄을 모른다.
날아가는 꽃을 봐도
별빛인 줄 모른다.

혼자

혼자서 견디어야 할 시간이 인생에는 있다.
누구도 대신해줄 수 없는
저마다의 짐을 지고 우리는
높고 험한 산을 넘거나
깜깜한 터널을 통과해야 하는 것이다.

부메랑

원인이 있기에 결과가 있다는 식의 인과론을 믿는가?

세상엔 원인 없는 결과가 너무 많다. 이유 없이 당하는 경우도 너무 많다. 노력도 없이 인기를 끌거나 분수에 맞지 않게 높이 올라간 이도 부지기수다. '다 이유가 있겠지 뭐' 하겠지만 아무런 이유도 없다. 아무런 이유도 없이 우리는 당한다. 예컨대 무엇인가를 얻기 위해 당신은 죽자고 노력한다. 그런데 당신이 얻고자 하는 그것은 노력한 당신이 아닌 다른 이, 별로 노력도 하지 않았을 뿐 아니라 실력도 그저 그런 엉뚱한 사람에게 돌아간다. 이런 일은 부지기수다. 우주는 결코 우리가 알고 있는 상식대로 작동하지 않는다. 다만 한 가지, 행운이 오는 원리는 종잡을 수 없어도 불행이 부메랑 되는 원칙만은 분명하다.

히말라야 산중에 혼자 가서 바이올린을 켜도 듣는 이는 듣는다. 내가 허공에 뱉어낸 말 한 마디도 우주의 녹음기엔 빠짐없이 기록된다. 우주에는 눈과 귀가 있는 것이다. 만년설 녹아내린 새파란 호수 위로 떠 있는 저 원앙새, 산 위로 날아가도 저 한 쌍은 언젠가 호수로 돌아온다. 내가 날린 부메랑도 내게로 돌아온다. 내가 뱉은 말 한 마디도 내게로 돌아온다.

미아

별이 하는 말을,

꽃이 하는 말을,

나무와 풀이 하는 말을 알아듣지 못하는 나는 우주의 미아다.

기린이 하는 말을,

사슴이 하는 말을,

물고기가 하는 말을 알아듣지 못하는 나는 내 생의 미아다.

인생의 날들

기도밖엔 아무것도 더 할 수 없는 날도 있다.

기도마저 할 수 없어 주저앉아 일어서지 못하는 날도 있다.

그런 날들로부터 우리는 도망갈 곳이 없다.

세상이 도는 방향

세상이 돌아가는 방향으로 따라 돌면 편하다.

아무리 능력이 있어도 세상이 도는 방향과 반대로 가는 것은 힘들다.

LP레코드는 왼쪽에서 오른쪽으로 돈다.

그렇게 돌며 음악을 만든다.

한 곡의 음악도 남들이 돌아가는 방향으로 따라가야 들리는 법이다.

반대로 달려가고 있는 그대여, 얼마나 힘든 인생을 살아왔는가?

모든 역방향은 저항과 부딪힌다. 그러나 저항이 있어야 전류는 열을 만든다.

진리를 찾는 이는 세상이 가는 쪽과 반대로 간다.

고독한 무대

고독하다는 말은
무대에 혼자 선다는 말이다.
고독하다는 말은
혼자 결정해야 한다는 말이다.
듣는 이 없는 노래를 혼자 부르듯
인생이란 무대는
높고 고독하고 위태롭다.
혼자 노래하고
혼자 결정하고
혼자 책임질 수 있을 때
당신은 비로소 어른이 된다.

안녕 내 인생

생쥐에게 끌려가는 어리석은 낙타처럼
작은 것에 매달려 소모하는 동안
인생은 기다려주지 않는다.
물끄러미 바라볼 뿐 아는 체도 하지 않는다.
안녕 내 인생, 알고 보니 넌 내 편이 아니었구나.

말 없는 말

돌고래가 하는 말을 아는가?
그들은 음파로 교감한다.
음악에 무슨 말이 필요한가.
그림에 무슨 말이 필요한가.
이해할 수 없는 인간의 말은
몸뚱이가 있는 동안만 필요할 뿐
우리에게 필요한 건
더 많이 아는 것이 아니라
더 많이 내려놓는 것이다.
더 많이 분석하는 것이 아니라
더 많이 느끼는 것이다.

인생의 비

"할아버지, 꽃은 왜 비를 맞아도 몸이 안 젖어?"

"향기 때문이지. 아무리 어려워도 꽃은 향기를 팔지 않는단다.
그래서 젖어도 젖지 않는 거란다."

황혼의 트럼펫

“황혼의 바다에선 트럼펫을 불어야 해.”

“그럼 할아버진 트럼펫을 불어. 난 나팔꽃을 불 거야.”

“그래. 인생이란 저마다의 악기가 있는 법이니까.”

“그건 무슨 말이야?”

“그러니까 그건, 오고 가는 파도가 다 모양이 다르듯
각자의 인생이 모두 다르다는 말이란다.”

“그건 또 무슨 말이야?”

“인생이란 결국 오고 가는 파도에 대해 아는 것과 같다는 말이지. 바다가 파도소리를 내며 악기를 연주하듯 우린 각자의 악기를 가지고 인생을 연주하는 거란다. 삶이란 결국 파도에 대해 알아가는 일이지. 파도의 세기와, 파도의 크기와, 파도의 슬픔을 알아가는 것이 인생이란 말이지.”

자유

"할아버지, 저 새는 왜 저렇게 빛이 나지?"

"높이 날기 때문에 그런 거란다."

"높이 날면 왜 빛이 나?"

"벗어날 수 있기 때문에 그런 거지. 벗어나면 자유로워지니까."

"자유? 그게 뭔데?"

"자유란 네가 하고 싶지 않은 일, 그리고 해서는 안 되는 일을 하지 않을 수 있는 힘 같은 거란다."

"그러니까 아가야,
기적이란 네 마음속에서 일어나는 거란다.
네가 사랑을 주는 한 그 곰돌이는 네게
살아 있는 거란다."

천사의 날개

푸른 달이 뜨고
천사의 날개를 자전거에 장착한다.
오래된 영화의 한 장면처럼 하늘을 날아
이 별을 벗어나는 사람이여,
그대는 어디서 어디까지가 그대인가?
살갗이 끝나는 그곳인가
아니면 그대의 이름과 그대의 욕망, 그것이 그대인가?
나는 나의 육체에 한정된 존재가 아니다.
오직 상상만으로도 우리는 육체를 묶어놓은 공간을 떠나 하늘을 난다.

허공의 신발 하나

무지개가 사라졌다.

꿈이 사라졌다는 말이다.

노력하건 안 하건 세상은 성공보다 실패할 확률이 높다.

인생은 어차피 운7기3, 아니 어쩌면 7이 아니라 8이나 9가 운에 달렸을지도 모른다. 그러나 운7이라는 확률에 기대어 행운이 찾아오기만 바라고 앉아 있다면 7이라는 확률은 금방 제로로 바뀔 것이다. 운7이나 운8 대신 만약 2나 1에 뭔가를 걸고 싶다면 할 수 있는 건 노력밖에 없다. 노력하는 것이 노력하지 않는 것보다 성공할 확률이 높다는 말이다.

인생이 뜻대로 된다면 그것은 뜻대로 된다는 그것에다 마음을 걸었기 때문이다. 반면 뜻대로 되지 않는다면 뜻대로 되지 않는다는 그것에다 뭔가를 걸었다는 말이다. 동전을 던져 뭔가를 정할 수도 있고, 신발을 벗어던져 뭔가를 정할 수도 있다. 어떤 것에 마음을 둘지는 각자의 자유다. 그러나 성공하길 원한다면 성공할 수 있다는 생각에 마음을 거는 것이 유리하다.

달빛과 함께 춤을

상상을 통해 이루지 못할 일이란 없다.

그러나 사람들은

아무도 금지하지 않는 상상력에 스스로 족쇄를 채운다.

금지하는 것이 많은 사람은 이룰 수 없는 것도 많다.

상상할 수 없으면 당신은 이루지도 못한다.

춤추라 구름과 함께.

우리는 누구나 인생의 수석 발레리나다.

달빛을 끌어안고 창공을 향해 다리를 뻗어라.

존재의 바다

인간은 바다에도 금을 긋고 경계를 만든다.
바다를 누가 소유할 수 있으며,
파도를 누가 소유할 수 있을 것인가?
인생의 파도는 끝없이 밀려오고 밀려간다.
세상의 갈등은 대부분 소유로부터 비롯된다.
소유에 의해 마찰이 생긴다.

바다를 그대로 둬라. 파도를 그대로 둬라.
존재의 삶으로 돌아가 삶을 다만 경험하고 떠나라.

3

세월이 호랑이 같다

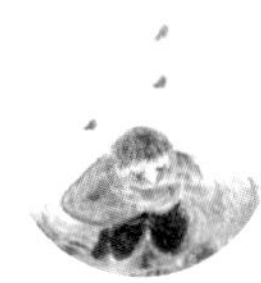

싸락눈

다 짜내고 버린 치약
어머니 같다.
양치하다 무심코 쳐다본 거울
아버지 같다.
한 순갈 밥상 앞에 쪼그리고 앉아
달그락거리는 수저 소리
흙냄새 같다.
흑백사진 속으로 환하게 웃는
먼지 앉은 기억들
큰누이 같다.
마음이 달려가 눈에 밟히는
옛날 살던 그 동네
싸락눈 같다.

풀

베어진 풀에서 향기가 난다.
알고 보면 향기는 풀의 상처다.
베이는 순간 사람들은 비명을 지르지만
비명 대신 풀들은 향기를 지른다.
들판을 물들이는 초록의 상처
상처가 내뿜는 향기에 취해 나는
아픈 것도 잊는다.
상처도 저토록 아름다운 것이 있다.

난 널 해치지 않아. 네가 누구인지 궁금할 뿐이야.

세월이 호랑이 같다

누구는 세월이 촛불 같다고도 한다.

나이가 들수록 더 빨리 가는 세월이

정말 광야에서 마주친 호랑이만큼이나 무섭다.

촛불같이 꺼질 듯 말 듯 흔들리면서도 몸통을 태우는 저 세월.

걸어가다가 뛰어가고, 뛰어가다간 마침내 날아가는 세월이

무섭다가 두렵다가 마침내 야속해진다.

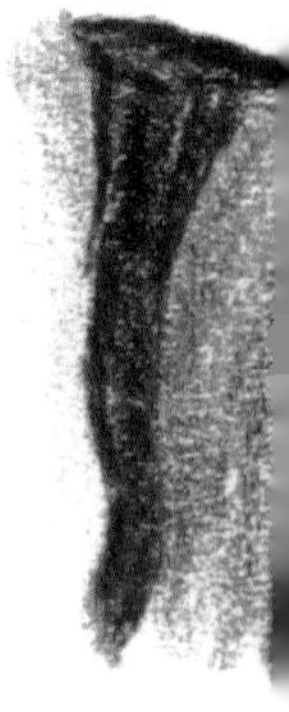

라면 먹는 고흐

젊은 날 우리는 라면을 먹으며 글 썼다.
젊은 날 우리는 다 가난했다.
그러나 그때가 지금보다 잘 살았다.

지금이야 천재화가라 불리지만 살아 있는 동안 고흐의 그림은 단 한 점밖에 팔리지 않았다. 귀나 자르는 괴상한 인물이었을 뿐 그는 처절한 소외와 고독의 광인이었다. 그런데 무엇이 고흐를 천재로 만들었는가? 도대체 무엇이 죽은 예술가들을 천재로 만드는가? 천재는 천재가 알아본다는 말도 있다. 주위를 돌아보라. 당신 곁에 있는 괴상한 이들을 새로운 시각으로 바라보라. 상식에 묶여 있는 습관으로부터 자신을 깨어나게 하라.

별이 빛나는 밤

이제 남은 생, 불꽃같이 살다 가야 하네.
그렇지, 그렇게 살다 가야 하는데 난….
난 뭐?
한생을 그저 불쏘시개로 살았던 것 같아.
불쏘시개면 어떤가. 이제 불 꺼질 때가 가까운데.
그런데 여보게, 인생의 불은 뭘까?
밤은 깊고, 산중의 별은
두레박 내려 길어 올린 샘물같이 찰랑거린다.
여보게, 인생의 불은 뭘까? 묻던 친구의 말을
여보게, 인생의 별은 뭘까? 로 바꿔 물으며 나는
불쏘시개였던 지난 생을 생각하다 잠을 설친다.

모딜리아니의 눈동자

상대의 영혼을 알아야 눈동자를 그려 넣었다는 모딜리아니.
액자 속에 눈동자도 없이 영원히 앉아 있는 사람들이 슬프다.
없는 저들의 눈동자를 위해,
알아보지 못한 저들의 영혼을 위해 명화의 액자 밖에 선글라스를 놓는다.

사랑받지 못한 사람들의 발을 씻어주는
통 속의 저 물은 가난한 시다.
"부유한 이는 생각을 씻고, 가난한 이는 몸을 씻는다"는데,
눈동자도 없이 앉아 있는 영혼을 위해 마음의 상처를 씻어야겠다.

양산 든 여인의 환생

명작은 그때 그 시절로 우리를 데려가지만
그림 속 인물들은 시대를 초월해 우리 곁에 숨 쉰다.

세상 떠난 아내를 모델로 '양산을 든 여인'이란 작품을 남겼던 인상주의 화가 모네는 첫 번째 아내가 죽고 난 뒤 또 다른 여인을 모델로 같은 그림을 그리기도 했다. 그가 그린 여인들은 다 어디로 가버렸을까? 환생을 믿는 이들은 인간은 죽고 난 뒤 몇 번씩 다시 태어난다고 한다. 혹시 명화 속 그 여인들도 환생해 우리 곁에 살고 있는 건 아닐까? 다시 태어난다면 당신은 어떻게 살 것이라 생각해본 적 있는가? 결핍이 많은 사람일수록 이 생에 만족하지 못하고 다음 생에는 꼭 이루지 못한 것들을 성취하겠노라고 다짐한다.

그런데 성취를 위해서 당신은 그 많은 고난의 시간들을 다시 감수할 수 있는가?
만약에 환생이라는 게 정말 일어나는 일이라면
당신은 환생해 이 험한 세상으로 다시 돌아오고 싶은가?

화장하는 여인

뒷모습만 보이는 여인의 얼굴은 상상 속에서 늘 미인이다. 성장장애를 가졌던 화가 로트렉은 자라지 못한 키 대신 상상력이 자란 사람이다. 그는 왜 화장 거울에 비친 여인의 앞모습 대신 뒷모습을 그렸을까? 어쩌면 그것은 그림을 보는 이의 상상 속에 영원히 그녀를 살아 있게 하려는 화가의 전략이었을지도 모른다. 상상 속에서 우리는 자유를 얻고, 상상을 통해 우리는 비좁은 세상을 무한대로 확장한다.

미인이 돌아온다면

아름다움의 기준은 시대의 흐름 따라 조금씩 달라진다.
그런데 혜원 신윤복의 미인도 속에 나오는 여인은
그때나 지금이나 변함없이 아름답다.
명화 속에서 시들지 않고 아름다움을 유지하는 저 여인처럼
변하지 않는 아름다움엔 어떤 것이 있을까?
붓을 들어 글씨를 쓰고 마음을 다해 서찰을 보내는 대신
몇 줄의 카톡으로 사랑한다는 말을 하는 이런 시대에 변하지 않는 것은 드물다.
그러나 변하지 않는 것은 있다 우리 마음속에.
여전히 아름다운 것도 있다 따뜻한 미소 속에.

평화

평화는 덩치 큰 녀석과 작은 녀석이 함께 물을 먹는 것이다.
평화는 나의 욕구와 타인의 욕구가 충돌할 때
상대의 입장이 되어 세상을 바라보는 것이다.

기도는 내 안의 거인을 불러내는 일이다.

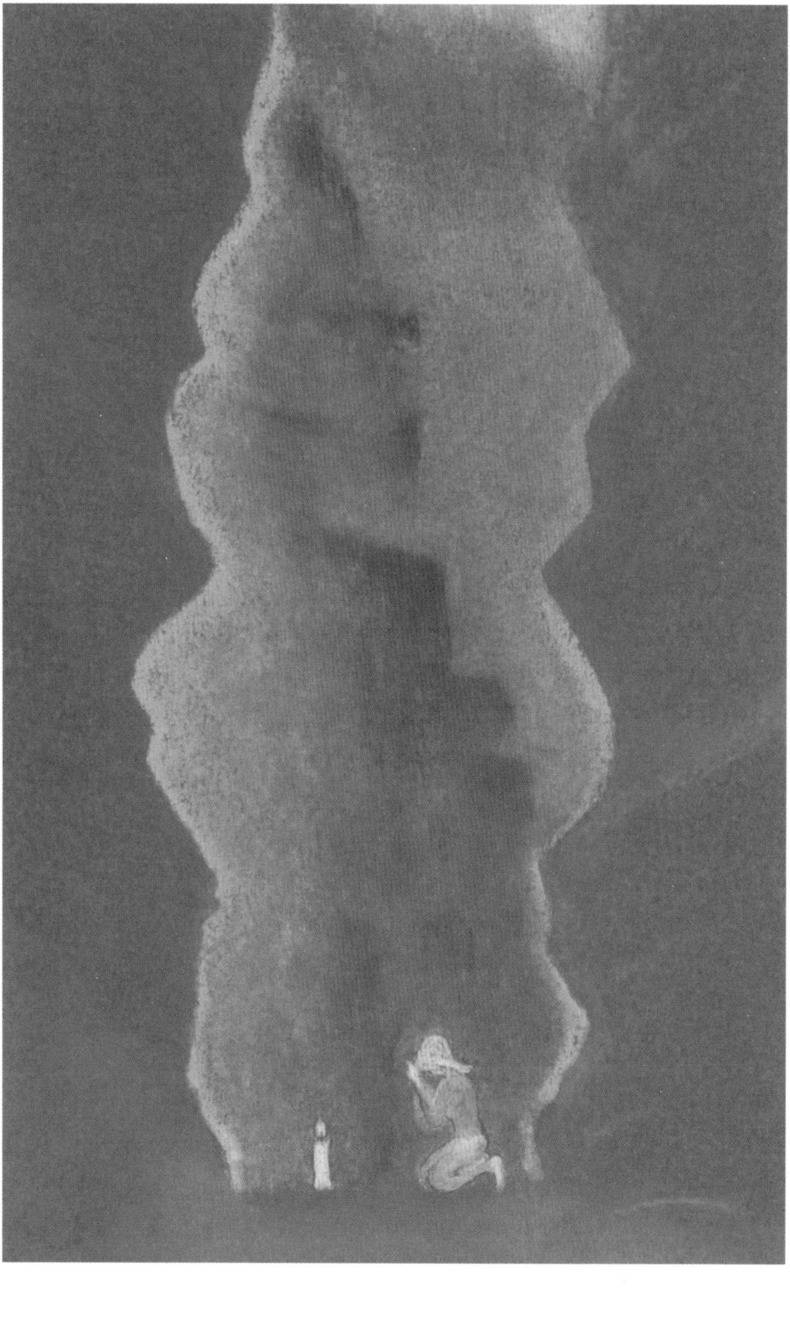

먼 길

날아가는 저 종이비행기가
어디까지 갈지 나는 모른다.
내 앞에 놓인 이 길, 어디에 가 닿을지 나는 모른다.
첩첩이 산, 그리고 또 산.
산 넘어 산인 인생에서
우리가 아는 것은 한 가지뿐
언젠가 끝이 오고
누구도 그것을 거스를 수 없다는 것이다.

과거와의 만남

천년의 고도에 접시꽃이 만발했다.
별 보기 위해 올라갔던 첨성대에서 신라 사람들은 뜻밖에 미래로부터 온 소식을 받았던 건 아닐까? 과거와 미래와 현재가 같은 축에서 굴러가는 똑같은 바퀴라면, 우리가 시간이니 세월이니 이름 붙여놓은 그것들도 동시에 일어나는 사건인 건 아닐까?
원근의 차이에 따라 다르게 보이는 사물처럼 우리가 어제와 내일과 오늘이라고 구분해놓은 시간의 순서 또한 마음의 착각이 만들어 놓은 분별일지 모른다. 우리가 진실이라 믿고 있는 것들은 상황과 장소에 따라 진실의 지위를 상실할 수도 있다.

파란만장, 우여곡절, 이 풍진 한생을 살 만큼 살고 나면 어제가 오늘 같고, 오늘이 어제 같다. 내일 또한 다르지 않을 것이니 미래는 지금 이 순간 나에 의해 결정된다.

상처의 향기

상처가 많은 사람은
남을 상처내기 쉽다.
그러나 자신의 아픔을 성장의 경험으로 받아들여
그 상처로 타인을 위로하는 사람이 세상엔 있다.
상처도 향기가 있다.

밤의 호랑이

꿈에 호랑이를 만났다.
그는 아무 말이 없었고
나는
아무 생각이 없었다.

나는 진리의 코스모폴리탄

붓다가 깨달은 곳인 인도의 보드가야에 갔을 때, 불교도가 아니라 힌두교도인 현지인이 석가모니 부처님을 두고 '그레이트 맨'이라고 말하는 것을 들었다. 종교가 다른 이들로부터도 '위대한 인물'이라 평가받는 붓다의 얼굴을 그리며 진리란 종교의 이름을 넘어 존재하는 보편적인 깨달음 같은 것이라 생각했다. 종교가 뭐냐고 물으면 이렇게 대답하고 싶다.

'나는 진리의 코스모폴리탄,
이름에 매이지 않는 자유로운 여행자.
우주의 원리, 우주의 에너지를 신이라 여긴다.'

누구는 인생을 소풍에 비유했지만,
인생은 언젠가 돌아가야 하는 여행과도 같다.
여행의 가장 소중한 열매는 다양한 경험을 얻는 것이니
다가오는 어떤 것을 두려워 말라.

따라 해선 안 될 것들

절대로 따라 해서는 안 될 것들이 있다.
예컨대 사랑 같은 것이 그런 것이다.

사랑이란 대체로 매달리거나 애태우고, 밀거나 당기거나 하며 원래의 순수한 본질로부터 벗어난다. 그러나 인간이 또다른 한 인간을 온전히 별개의 인격체로 인식하고 받아들이는 일이란 얼마나 힘들고 거룩한가.
사랑이란 그런 것이다. 매달려 있는 사랑이란 가슴 졸일 뿐 진정한 사랑이 주는 안식과는 멀리 있다. 참된 사랑이란 매순간 솟아나는 샘물같이 가슴을 적셔놓는 휴식이 되어야 하는 것이다. 그러나 그것이 아무리 매달려 있는 괴로움을 준다 해도, 그래도 해야 한다면 해라. 절대로 하지 말라고 겁준다고 해서 안 하겠는가? 해라. 하다가 죽어라.

제주바다

바다 끝에 누가 있는지
바다가 운다.
등대가 켜놓은 불빛 때문에
눈을 감아도 난 눈이 부신데
바다 끝에 누가 온 건지
하늘의 별들이 우르르 쏟아져
바다로 빠진다.
너는 끝내 잠들지 못하고
나는 그만 네 안에 눕는다.
애월에서 표선까지
걸어서 찾아갈 이름 하나 있다면
별들이 쏟아진 그곳
바다에 앉아 내 안을 보라.

풍경의 생

바람에 땡그랑땡그랑 소리를 내고 있는 풍경.
풍경에 물고기를 매달아놓은 것은
죽어도 눈 감지 않는 물고기처럼
잠들지 말고 치열하게 정진하라는 뜻이다.
물고기 대신 나뭇잎이 달려 있는 네팔의 풍경은
히말라야의 바람소리가 들리는 것 같아 가슴 서늘해진다.
파도를 가르며 유영하는 돌고래처럼
인생의 바다를 매끄럽게 헤쳐가기 위해
문 앞에 풍경 달아놓고 바람소릴 듣는다.
때로는 음악이, 때로는 한 편의 시가 달려가는 발길을 멈추게 하지만
살아온 시간보다 살아갈 시간이 턱없이 짧은
생은 있다가 사라지는 신기루 같다.

별이여, 안녕

죽음이란
이 별에서 저 별로 옮겨가는 일 아닐까?
그 어떤 절대자의 손가락에 튕겨
이 별에서 저 먼 별로 날아가는 것 아닐까?
별과 별 사이에 있는 정거장처럼.

바위 위에 올라앉은 저 절집
모든 것이 이슬 같고, 번개 같고, 꿈 같으니
이 별을 떠나 다음 별로 가는 그 순간
잊혀질 것이 두려워 우린 망설일지 모른다.
한때 머물렀던 별이여 안녕,
정들었던 모든 것들도 안녕,
아쉬운 듯 말하지만 그러나 우린 너무 자주
이 별이 지긋지긋하다.

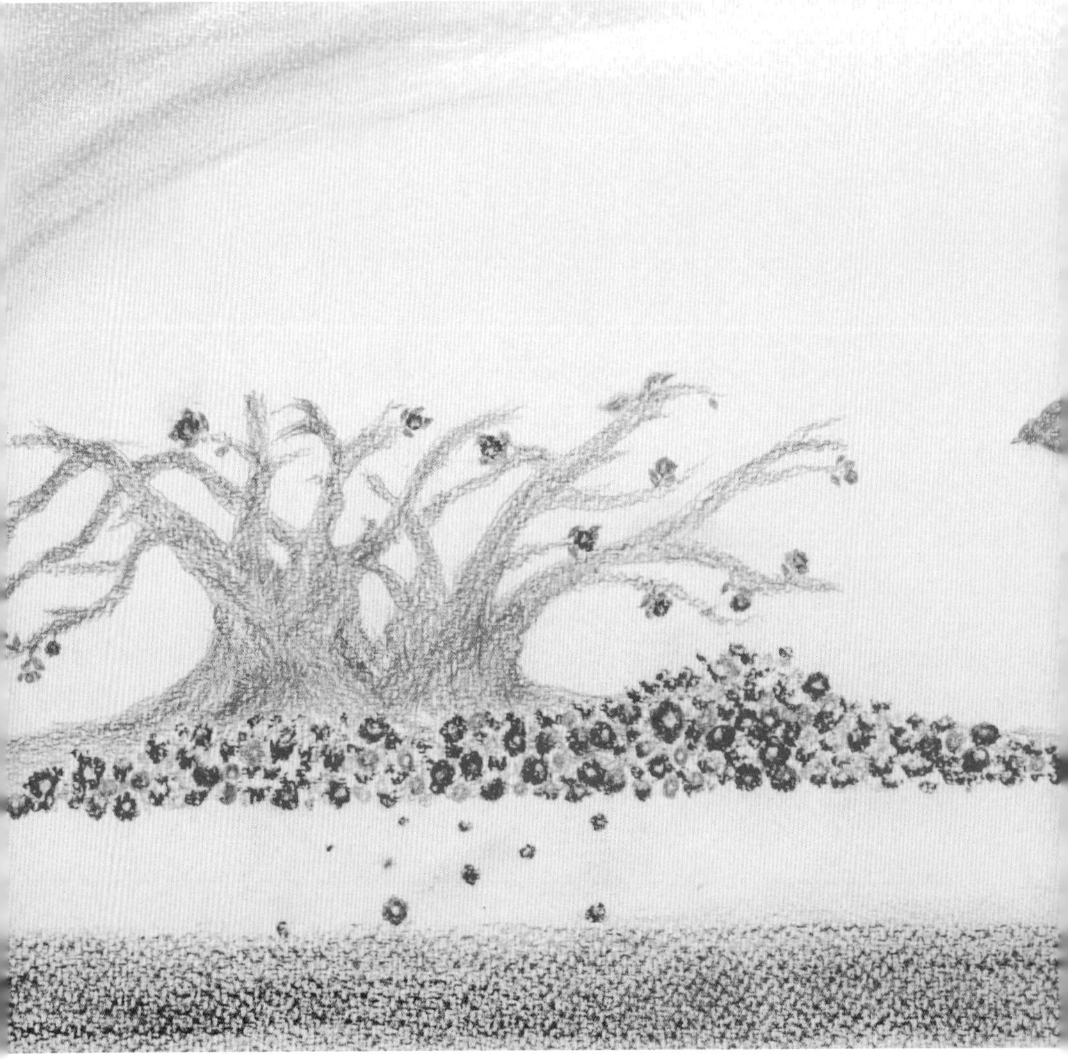

동백꽃 무덤에서 나는 울었네.

꽃 시작

피려고 준비하는 저 꽃봉오리,
저 예쁘고 귀여운 게 너란다 아가.
그럼 할아버지 꽃은 어느 거냐고?
저기 저거 보이니?
아니, 아니, 너무 펴서 시들려 하는 거 그거 말고
너 뒤에 있는 좀 큰 봉오리 있잖아 그거
이제 막 피려고 하는 거 그게 바로 나지.

꽃 시작, 인생도 시작, 얼마나 살았건 인생은
매일매일 새로운 꽃봉오리.

추천의 글

아름다운 무죄

유경희(미술평론가/ Ph.D.)

시인에게 초현실은 운명이다. 상징주의 시인 로트레아몽의 "해부대 위에서의 재봉틀과 박쥐우산의 우연한 만남"은 초현실주의자들의 가장 진부한 동시에 강력한 아포리즘이 되었다. 사실 이처럼 낯설고 경이로운 접촉을 잘 표현해주는 말은 없다. 이것이 바로 초현실주의자들의 미학적 전략인 전치, 즉 데빼이즈망(depaysement)이다. 전혀 이질적인 사물들이 모여 전혀 새롭고 창조적인 맥락을 만들어내는 기법인 것이다. 애초부터 초현실주의의 첨단에 섰던 시인들이야말로, 아무렇지도 않게 매일매일 꿈을 꾸듯 편집되지 않은 '전치의 이미지'들을 언어로써 드러내고 있지 않은가!

20세기 초반 앙드레 브르통과 더불어 초현실주의 선언에 참여했던 시인들은 이 모임에서 급속히 빠져나갔다. 자기들한테 초현실주의는 새로울 것이 없는 양식이자 더 이상 전위적인 것도 아니었기 때문이다. 말하자면 시인들에게는 초현실주의는 일상이었고, 미술가들에게는 여전히 낯선 세계였다. 그래서 화가들은 오랫동안 초현실주의에 잔류했고, 시인들은 더 멀리 더 환상적으로 현실 세계로부터 일탈을 감행했다.

그렇게 멀리멀리 시의 세계로만 치닫던 시인 김재진이 다시 그림으로 돌아왔다. '다시'라는 말은 그가 근원적으로 그림에 맥이 닿아 있던, 태생이 환쟁이였을지도 모른다는 뜻이다. 말하자면 그의 시심이란 애초부터 그림 혹은 이미지와 연동되었을 만큼 그가 그려내는 그림이 그대로 시가 되었다는 의미다. 수개월 사이에 그림은 빠른 진화의 속도를 보여주고 있다. 아주 최근의 그림은 이미지로 의미의 덫을 놓는 수준이 탁월해지고 있음을 여지없이 보여준다. 무엇보다 시인은 정말 해지는 줄 모르고 땀을 삐질삐질 흘리며 노는 어린아이처럼 놀라울 정도의 몰입의 에너지와 열정의 페이소스를 보여주고 있다. 더욱이 시인은 시가 가지고 있는 '언어'라는 한계를 그림이 가지고 있는 '감각'이라는 물질성으로 보완하고 있는 것처럼 보인다. 어쨌거나 현대철학에서 관념에게 빼앗긴 감각이 복귀한 것처럼, 김재진에게 있어 선을 긋고, 물감을 문지르고, 종이를 쓰다듬는다는 행위가 새롭고 경이로운 리추얼이 되었다는 점이다.

오래전 레오나르도 다빈치가 천명한 "회화는 말없는 시"라는 말은 그대로 김재진의 그림에 해당한다. 모든 예술은 음악을 동경한다던 쇼펜하우어의 말처럼, 그림을 잘 그리려면 어린아이처럼 그리라던 반 고흐의 말처럼, 어린아이가 되는 데에 평생이 걸렸다는 피카소의 말처럼, 김재진은 지금 질 들뢰즈가 말한 '되기(devenir)'라는 창조적 퇴행의 상태로 접어들었다. 그렇게 그는 무구한 아이처럼, 달뜬 처녀처럼 그림과의 사랑에 푹 빠져 있다. 그런 상태의 시인에게 슬며시 질투심이 느껴지는 것은 비단 나만이 아닐 것이다. 그는 우리의 질투를 받을 자격이 충분히 있다. 따라서 사유를 초월한 감각의 세계로의 창조적 욕망을 부추기는 시인 김재진의 변신은 무죄, 진정 아름다운 무죄!

입들은 모두

사랑한다고

말해야 한다